Gerda Rottschalk

KLEON UND SOSIAS

Illustrationen von Karl Fischer

Der Kinderbuchverlag Berlin

ISBN 3-358-00509-7

Athen um 440 v. u. Z. war eine große und prachtvolle Stadt. Unter der Herrschaft des Perikles entstanden bedeutende Bauten auf der Akropolis, Wissenschaft und Kunst blühten, und die Bürger nahmen regen Anteil an den öffentlichen Angelegenheiten ihrer Stadt.

Das große Fest

An diesem Julimorgen ist das Haus des Bürgers Deinos voller Unruhe. Heute wird der vierte Tag der Panathenäen gefeiert, das höchste Fest für die Göttin Athene, die das Land Attika und seine Hauptstadt Athen beschützt.

Deinos hat gebadet, sich mit Nußöl gesalbt und den Chiton, das feine Untergewand, angezogen. Seine Frau Korinna treibt zur Eile. Sie will sich beim Festzug den vornehmen Athenerinnen anschließen. Auch Deinos' zwölfjähriger Sohn Kleon und der ebenso alte Sosias, der im Hause des Reeders lebt, warten ungeduldig.

Sosias fragt: »Ist der Umzug heute der Höhepunkt des Festes?« Deinos bejaht: »Für unsere Schutzgöttin Athene werden hundert weiße Rinder und viele Widder geopfert. Das Fleisch wird an das Volk verteilt, auch Opferkuchen aus Honig und Nüssen und dazu Wein.« Deinos drückt dem Kleon einen Veilchenkranz ins schwarze und dem Sosias einen ins dunkelblonde Haar. »Schnell, sonst gehen die Knaben ohne euch zum Burgberg!«

In den engen Gassen des Stadtteils der Töpfer versammeln sich die Menschen und werden zum Festzug geordnet. Zahllose Bürger Athens und aus allen Gegenden Attikas strömten herbei. Auch Fremde, die ohne Bürgerrecht in Athen leben und arbeiten, zudem unzählige Sklaven versperren Straßen und Wege. Alle wollen dem Festzug zum Burgberg, zur Akropolis, folgen.

Kleon und Sosias gehen mit den Knaben, deren Eltern Bürger sind. Kleon ist stolz darauf, daß er dieser obersten Schicht angehört. Sosias aber läuft völlig benommen von dem ungewohnten Treiben neben ihm her.

Auf einem großen Platz, der mit Eichenlaub bestreuten Agora, hält der Zug. Kleon zieht Sosias zu den Stufen eines Brunnenhauses. »Von hier können wir alles gut übersehen.«

Epheben, Jünglinge, die schon in einer militärischen und sportlichen Ausbildung stehen, gruppieren sich zum

Waffentanz. Flöten und Kitharen erklingen. Die Epheben führen alle Arten des Angriffs und der Verteidigung vor, schlagen mit den Schwertern gegen die Schilde und singen ein Schlachtlied. Laut hallt es von den umliegenden Staatsgebäuden – den Kult- und Gerichtsstätten, dem Rathaus, den Verwaltungshäusern, dem Zwölfgötteraltar – wider. Die festlich gestimmten Zuschauer werden von dem kriegerischen Spiel mitgerissen. Sie feuern die Epheben an. Als die Begeisterung kaum noch zu steigern ist, endet der Waffentanz.

Der Festzug bewegt sich weiter dem Burgberg entgegen. Alle Gaben für die Göttin Athene – prächtig bemalte Tonkrüge, mit Wein und Öl gefüllt, Waffen aus edelstem Metall, goldenes und silbernes Opfergerät – leuchten in der Sonne. Besonders hell aber schimmert das kostbarste Weihegeschenk, ein von Athener Mädchen gewebter und bestickter Peplos. Dieses Obergewand ist für das uralte Holzbild der Athene bestimmt, das auf dem Burgberg im kleinen Erechtheus-Tempel steht. Dorthin wird das Prachtkleid nicht etwa von Menschenhand getragen. Es hängt vielmehr am Mast eines schiffsähnlichen Prunkwagens, den acht weiße Rinder im Goldgeschirr mühsam den steilen Weg zur Akropolis hinaufziehen.

Als der Festzug mit den geschmückten Knaben, Jünglingen, Männern und Greisen, mit den Mädchen und Frauen, mit Epheben, den Mannschaften aus Schwer- und Leichtbewaffneten, mit Reitern in glänzender Rüstung auf der Akropolis ankommt, schließen viele für einen Moment wie geblendet die Augen.

Wie eine Erscheinung aus Licht steht der Parthenon, der neue Tempel der Göttin Athene, vor ihnen. Die drei Stufen des Unterbaus, die schön gegliederten Säulenreihen, der zierlich gemeißelte Dachfirst – alles besteht aus weißem, leuchtendem Marmor. An den Giebeln und an dem steinernen Gebälk über den Säulen schmücken den Tempel große Relieffiguren. Sie stellen Begebenheiten aus der Geschichte Attikas dar: Am Ostgiebel die Geburt der Göttin Athene, am Westgiebel ihren Streit mit dem Meeresgott Poseidon um Attika und Athen.

Über der inneren Säulenreihe erscheint der panathenäische Festzug, und die dargestellten Menschen gleichen den Göttern. Nur das zwölf Meter hohe, aus Gold und Elfenbein gestaltete Standbild der Göttin Athene im Tempelinnern sieht gewaltig, übermenschlich und trotzdem friedlich aus. Locker nur hält Athene den Schild. Phidias, der die Statue schuf, wollte mit dieser Athene die Größe, Schönheit und Macht Athens verkörpern. Weder Kosten noch Mühe wurden für die Statue und das herrliche Bauwerk gescheut. Unzählige Athener hatten daran gearbeitet. Alle Abgaben der Griechenstaaten, die unter der Führung Athens ein Seebund vereint, wurden für den Parthenon verwandt.

»... Eines nur kenn' ich hier – die Erde besitzt Ähnliches nirgends ...« singen die Athener der Göttin zu Ehren.

Sosias, der einen so machtvollen Gesang noch nie gehört hat, wird davon ergriffen. Den Rauch der Opferfeuer, die Hitze, den grellen Klang der Flöten, die hallenden Stimmen der Männer Athens, die heute der Athene als Priester dienen, kann er kaum noch ertragen. Er ist daher froh, daß der alte Sklave Polos, der Pädagoge, der Knabenführer, auftaucht und schon von weitem ruft: »Genug für euch, kommt nach Haus!«

Die Sage

»Erzähl aus den frühen Tagen Attikas, Polos!« bittet Sosias, und der Alte berichtet:

»Göttervater Zeus hatte seine Gemahlin, die kluge Metis, aus Furcht, sie könne ihm einen zu starken, zu mächtigen Sohn schenken, mit Haut und Haaren verschlungen. Daher mußte Zeus, ob er wollte oder nicht, selbst gebären. Er brachte ein Mädchen, Athene, zur Welt. Die Tochter entsprang dem Haupte des Göttervaters und trug eine Rüstung, eine Lanze und einen Helm. Ihre Augen waren groß und rund wie die einer Eule und blickten sanft und weise.

Athene wurde der Liebling ihres Vaters. Er schenkte ihr große Macht. Darum konnte Athene uns den Ölbaum geben, der neben dem Wein der Quell des Reichtums ist.«

»Wie geschah das mit dem Ölbaum?« fragt Sosias.

»Athene und der Meeresgott Poseidon hatten entdeckt, was für ein wunderbares, sonniges Fleckchen Erde das Land Attika war. Jeder wollte es besitzen. Es kam zum Streit zwischen beiden Göttern. Jeder versprach Kekrops, dem ersten König Attikas, wertvolle Geschenke: Athene den Ölbaum, Poseidon bot das Pferd an. Kekrops entschied sich für Athenes Gabe. Wütend stieß Poseidon seinen Dreizack gegen den Burgfelsen. Sofort sprudelte dort ein Quell, der, wie ihr wißt, noch heute rinnt.«

Polos macht eine Pause, dann meint er: »Von Athene muß ich euch noch erzählen, daß sie früher vornehmlich eine Göttin des Krieges war und so tapfere Helden wie Herakles und Odysseus beschützte. Jetzt verehren wir in ihr vor allem die Göttin der schönen Künste und des

Friedens. Ihr habt das herrlichste Fest-, Schatz- und Weihehaus Griechenlands, den Parthenon, von nahem erblickt. Unsere Stadt wird von vielen Griechenstaaten darum beneidet. Einige würden gar zu gern Athen angreifen. Athene bewahrt uns den Frieden. Ihr wißt, wir hatten schwere Kriege im Land...«

»Die Perser drangen ein und verwüsteten es. Wir aber besiegten sie«, sagt Sosias. Polos ereifert sich: »Hauptsächlich gegen das kriegslüsterne Sparta muß uns Athene beschützen. Der von unserem obersten Staatsmann Perikles für dreißig Jahre geschlossene Friedensvertrag mit Sparta darf nicht gebrochen werden!«

»Mein Vater fürchtet, Sparta wird den Vertrag nicht halten«, sagt Kleon. Wie aus einem Munde rufen Sosias und Polos: »Athene behüte uns davor!«

Der Gast

Polos überquert mit seinen Schützlingen die Tripodenstraße. Von dort blicken sie zum Dionysostheater, das unterhalb des Südabhanges der Akropolis liegt. Etwa 17000 Besucher faßt das riesige Halbrund mit seinen 67 Reihen. Von jedem Platz aus kann der Zuschauer die in der Mitte gelegene Bühne, die Orchestra, gut überblicken, auf der entweder ernste Geschichten, die Tragödien, oder heitere, ausgelassene Handlungen, die Komödien, aufgeführt werden.

Sosias schaut immer wieder zurück. So merkt er kaum, wie sie durch eine schmale Gasse gehen und vor Deinos'

Haus anlangen. Es ist groß, einstöckig, mit flachem Dach, aus Fachwerk und Lehm gebaut. Ein Flur verbindet die Haustür mit dem Innenhof, dem Peristyl.

Schlichte Säulen umgeben den Hof. Überall rankt Efeu, wachsen Zypressen, Feigen- und Granatapfelbäume, nebenan liegt ein kleiner Garten mit Gewürz- und Zierpflanzen. Der Altar mit dem marmornen Haupt des Göttervaters Zeus erinnert an die Altäre und Statuen auf der Akropolis.

Auf einer Steinbank sitzt Deinos, neben ihm ein Jüngling, der einige Jahre älter als Kleon und Sosias ist. Polos erkennt den Gast. »Sei gegrüßt!« Der Sklave verneigt sich tief. Herablassend dankt der Jüngling. Er betrachtet die beiden Knaben.

»Deinen Sohn, Deinos, kenne ich. Aber wer ist jener?« Er zeigt auf Sosias. Deinos berichtet, daß Sosias der jüngere Sohn seines verstorbenen Freundes sei. »Dieser, ein Steinbruchbesitzer, bestimmte vor seinem Tod, daß Sosias so lange in meinem Hause bleiben soll, bis er nach dem Gesetz mündig ist.«

Sosias kann seine Neugier nicht mehr bezähmen. »Und wer bist du?« Er mustert den prächtig gekleideten Jüngling, dem das lockige, kurzgeschnittene Haar in die Stirn fällt.

»Mich wundert, daß du mich nicht kennst«, tadelt ihn der Fremde und verzieht mißbilligend sein Gesicht.

»Es ist Alkibiades, der Sohn des Kleinias, das Mündel und der Neffe von Perikles«, sagt Kleon, »Alkibiades hat neulich beim Fohlenreiten gewonnen.«

Der Jüngling wirft sich in die Brust. »Nicht nur das, auch beim Wettlauf war ich vorn. Man weiß eben, was man für Athen zu tun hat«, fügt er hinzu und blickt Deinos heraus-

fordernd an. Der fragt ihn: »Was meinst du mit Athen? Das Volk oder dich?«

Alkibiades weicht aus. »Perikles, mein Onkel, versucht, das Volk zu bilden, zu formen, zu fördern. Wer weiß, ob er damit viel erreicht? Vielleicht bringe ich es einmal auf andere Weise weiter als er? Bin ich nicht auch ein Aristokrat, ein freier, reicher Athener wie er?« Alkibiades blickt auf Kleon, der ihn zustimmend ansieht.

Sosias wartet gespannt auf Deinos' Antwort. Der Reeder verehrt Perikles, der die Demokratie, die Volksherrschaft, in Athen stützt und vor allem bessere Lebensbedingungen für die ärmere Bevölkerung durchsetzte.

Lange hat Deinos über Alkibiades' rasche Antwort nachgedacht. »Du bist wohl ein Aristokrat wie Perikles. Doch er ist ein Demokrat und liebt das Volk. Du blickst auf das Volk herab, Alkibiades, willst es einmal als Oligarch beherrschen. Perikles dagegen weiß, daß der Staat nur durch Sittlichkeit, durch hohe körperliche und geistige Ausbildung der einzelnen Bürger blühen kann. Darum lebt er vor, was für ihn wirkliche Demokratie ist. Darum kämpft er gegen die Oligarchen, die als wenige über alle herrschen wollen.«

Sosias geht auf Alkibiades zu. »Perikles hat sich auch dafür eingesetzt, daß die ärmeren Bürger Theatergeld bekommen. Siebzehntausend Zuschauer sitzen bei den Aufführungen im Dionysostheater. Und bei den Komödien spricht der Chor das Volk direkt an, hält Zwiesprache mit ihm.«

Leichtfertig meint Alkibiades: »Die meisten verstehen nicht viel davon. Aber die Aristokraten und unter ihnen die Oligarchen begreifen gut, was die Dichter sagen wollen.«

Sosias ärgert sich über die herablassende Antwort, über die Kleon zufrieden lächelt.

»Du bist sehr überzeugt von dem, was du sagst, Alkibiades«, mischt sich Deinos wieder ein, »und dein rotes Mäntelchen verrät, daß du dich wie ein Oligarch fühlst, dich gar zu den Spartaanhängern zählst. Imponiert dir die militärische Stärke und Tapferkeit der Spartaner, der Feinde Athens, so sehr?«

»Ich möchte nicht als Feigling leben.«

»Lebe wie Perikles! Der ist kein Feigling, denn er beherrscht sich selbst. Lerne von ihm, Alkibiades!«

Der Jüngling schüttelt sich. »Ich werde immer ich selbst und ein Aristokrat bleiben.«

Kleon und Sosias kommt es vor, als seien sie auf einem Symposium, einem Trinkgelage der Männer, bei dem geistvolle Gespräche geführt werden.

»Alkibiades hat recht. Der Mensch muß tun dürfen, was er will«, sagt Kleon leise. Sosias antwortet ebenso leise: »Mir gefällt er nicht. Er scheint mir verwöhnt. Ich bin für Perikles. Er ist der Freund deines Vaters und ein Demokrat.«

Kleon trumpft auf: »Alkibiades wird einmal Athens Ruhm vergrößern und sich bestimmt als Krieger und Stratege bewähren.«

Alkibiades lächelt geschmeichelt. »Machen wir einen Wettlauf? Zehnmal ums Peristyl?«

Alkibiades gewinnt und verneigt sich vor dem Zeusaltar. »Danke, alter Herr«, sagt er übermütig. Deinos schüttelt mißfällig den Kopf. Darauf meint Alkibiades leichthin: »Perikles verehrt zwar den Zeus, wenn er eine öffentliche Versammlung beginnt. Aber er hält trotzdem den Men-

schen für das Maß aller Dinge. Ich frage dich, Deinos: Ist Helios der Sonnengott oder ist er nur glühendes Gestein, ein Stern am Himmel? Der Mensch ist sowieso größer als alle Götter, denn er hat Hände zum Arbeiten.«

Deinos blickt erzürnt. »Hast du gearbeitet, Alkibiades? Du gehst nicht einmal regelmäßig deinen Studien nach. Dein Lehrer Sokrates hat Ärger mit dir. Aber er ist langmütig. Seine Lebensregel: Niemand ist mit Absicht schlecht – wendet er auch auf dich an.«

Alkibiades verzieht das Gesicht und antwortet hitzig: »Mag sein, mag sein! Übrigens bin ich der Ansicht: Laß das Volk arbeiten, Aristokratenhände und Oligarchenhände dürfen ruhen.«

Ein Alltag

Für Kleon und Sosias beginnt wieder der Alltag. Polos bringt die Knaben täglich zur privaten Elementarschule, wo sie von verschiedenen Lehrern unterrichtet werden, die Deinos bezahlt.

Der Schulweg wird ihnen nicht lang. Sie sprechen viel über Alkibiades. Kleon verteidigt ihn, Sosias verehrt Perikles. Polos hört schweigend zu.

Erreichen sie die Agora, brechen sie ihr Streitgespräch ab. Zahllose Einheimische und Fremde wandeln über den weiten, verzweigten Platz. Hier befindet sich auch der größte Markt von Athen.

Zwischen offenen Säulenhallen stehen die Marktbuden. Käufer schieben und drängeln. Marktaufseher versuchen, Ordnung in das Gewimmel zu bringen.

»Herrensöhnchen, aufgepaßt!« ruft ein dunkelhäutiger Sklave. Er trägt einen schweren Schilfkorb mit Gemüse und hätte beinahe einen Fischhändler zu Fall gebracht, der eine Kiepe mit gepökelten Makrelen schleppt.

Polos zieht seine Schützlinge an den Ständen mit Blumen, Lauch, Lattich, Arzeneipflanzen und Obst vorbei, vorbei auch an den Auslagen mit Tonvasen und -krügen, Teppichen und Matten. Er wirft kaum einen Blick auf die Verkaufstische der Bäcker und Geflügelhändler, der Gürtel- und Sandalenmacher. Er führt seine Schutzbefohlenen zu den Schätzen eines Buchhändlers.

Sein Herr Deinos, der ihn auch als Buchabschreiber beschäftigt, hat ihm mehrere Drachmen gegeben. Dafür soll Polos das neueste Buch des berühmten, noch lebenden Dichters Sophokles erwerben. Doch die Papyrusrollen

sind vergriffen. Die begüterten Athener haben viel Muße zum Lesen, weil ihre Sklaven die lästigen Arbeiten für sie verrichten. Polos kauft die Olympischen Siegeslieder des Pindar, den Deinos ebenfalls schätzt.

Kleon zieht ein langes Gesicht, denn er fürchtet, er wird diese Lieder abschreiben und lernen müssen. Er liebt weder Lesen, Schreiben, Auswendiglernen noch Rechnen. Er liebt Laufen, Weitsprung, Ringen und träumt, bei den Olympischen Spielen, wenn die Knaben zum Wettkampf antreten, den Siegeskranz vom Heiligen Ölbaum nach Athen zu bringen.

Sosias dagegen blickt neugierig auf das Buch. Er lernt und rezitiert gern Gedichte, erfreut sich an Gesang und Musik. Er wünschte sich, daß Deinos einmal eine Theater-

aufführung mit Schauspielern und Chor bezahle und er, Sosias, den Chor anführen dürfte.

Deinos hatte, wie viele reiche Bürger Athens, ein Schiff, eine Triere, ausgerüstet und kommandiert. Jetzt könnte er einmal Geld für die Kunst ausgeben, denkt Sosias.

Endlich erreichen sie das Peristyl der Elementarschule. Der Unterricht für einige Söhne begüterter Bürger findet unter freiem Himmel statt. Die Schüler üben Lesen. Dann holen sie aus Holzkästen oder Lederbehältern ihr Schreibgerät hervor: Wachstafeln, spitz geschliffene Griffel aus Knochen oder Metall, Tinte, die aus gekochter Krappwurzel hergestellt worden ist.

Der Lehrer diktiert langsam altehrwürdige Verse des Dichters Homer. Einige Knaben schwitzen vor Anstrengung. Auch Kleon. Er macht viele Fehler. Als sie die Wachstafeln abgeben, tadelt der Lehrer Kleon. Die Schüler müssen ihre Fehler verbessern.

Hinter einer Säule verborgen steht Deinos. Er hatte Polos befragt: »Wie lernen Kleon und Sosias in der Schule? Kann ich zufrieden mit den Knaben sein?«

Polos Antwort klang nicht überzeugend. »Du weißt, Herr, Kleon ist jetzt häufig mit Alkibiades zusammen, und... Sosias bleibt allein und lernt.«

Deinos beobachtet seinen Sohn, Kleon soll einen Vers des Sophokles zum Lobe Athens sprechen.

»Unter himmlischem Tau gedeiht Tag für Tag der Narzisse Blütensegen. Seit je...« Kleon bleibt stecken. Er

weiß nicht weiter. Hilflos schaut er sich um und entdeckt den Vater. Angst verwirrt ihn. Da spricht Sosias mit ausdrucksvoller Stimme den Vers: »Unter himmlischem Tau gedeiht Tag für Tag der Narzisse Blütensegen. Seit je kränzt er allmorgendlich Erdreichsgöttinnen-Doppelhaupt.«

Der Lehrer lobt: »Du könntest im Theater spielen, Sosias.«

Deinos begleitet mit Polos die Knaben zum Gymnasium. Diese Sporthalle liegt ebenfalls nahe bei der Agora. Sie besteht aus Übungshöfen, Bädern, Salbräumen und Wandelhallen. Entlang der Kampfbahnen stehen Steinbänke.

Im Gymnasium finden sich auch viele wohlhabende Bürger ein. Sie führen Streitgespräche über Politik, sie sprechen über Religion oder Kunst und wollen mit ansehen, wie die Jugend von den Gymnasten ausgebildet wird.

Deinos ermahnt Kleon, als dieser zum Salbraum geht: »Denke daran, nicht nur der Körper, auch der Geist muß geschult werden.«

»Sport ist wichtig. Er dient der späteren militärischen Ausbildung, dient also der Stärke Athens«, entgegnet Kleon keck. Deinos kommt es vor, als hätte Alkibiades gesprochen. Unzufrieden beobachtet er, wie die Schüler zum Lauf antreten. Der Gymnast schlägt in die Hände. Die Schar rennt über den Dromos, die Laufbahn, dreimal hin und zurück.

Zuerst führt Kleon. Bald überholen ihn andere. Er wird am Ende nur Fünfter. Deinos ist enttäuscht. Er folgt Polos und den beiden Knaben auch noch in die Palästra, die Ringerschule. Kleon und Sosias kämpfen miteinander.

Deinos' Sohn aber hat einen schlechten Tag, verliert und heult wütend auf. Nun wird Deinos zornig.

»Kleon, du willst ein attischer Grieche sein? Nach Sparta gehörst du. Dort würdest du mit größter Härte ausgebildet. Und noch etwas: Nimm dir nicht den Alkibiades zum Vorbild!«

»Der siegt immer«, murmelt Kleon. Deinos hat die trotzige Antwort wohl gehört. Er will aufbrausen, beherrscht sich jedoch. Er überlegt und vermittelt: »Wenn du dich besserst, Kleon, gebe ich ein Fest im Gymnasium. Du und Sosias, ihr werdet an den Wettkämpfen im Laufen, Ringen, Springen teilnehmen, und vor allem lernst du, Kleon, was der Rhetoriklehrer von dir verlangt. Ich erwarte, daß ich mich bei dem Fest über euch freuen kann!«

»Ein Fest, ein Fest für uns!« Kleon und Sosias sind begeistert.

Sosias' Ausflug

Kleon und Sosias bereiten sich auf das Fest vor. Trotzdem trifft sich Kleon häufig mit Alkibiades auf der Agora oder im Gymnasium. Sosias beachtet Alkibiades wenig. Ihn beschäftigt, daß sich der Todestag seines Vaters jährt. Als guter Sohn will er zum großen Gräberfeld, wo die letzte Ruhestätte des so früh Verstorbenen liegt.

Korinna hat Sosias Zweige vom Ölbaum und Narzissen gegeben. »Komm bald zurück!« ermahnt sie den Pflegesohn.

Sosias eilt durch das Stadtviertel, in dem viele Steinmetze arbeiten. Dann an zahlreichen Schmiedewerkstätten vorbei, vom Geräusch der Hämmer begleitet, erreicht er das Dipylontor, hinter dem der Friedhof beginnt.

Das Grab seines Vaters ziert ein breiter Marmorsockel.

Er zeigt das leicht gewölbte, aus dem Stein herausgearbeitete Gesicht des Verstorbenen. Sosias verneigt sich: »Mein Vater, du meintest es gut, als du mich dem Deinos als Mündel anvertrautest. Er wird mich zu einem attischen Griechen erziehen. Ich will einmal ein tüchtiger Ephebe werden, in den schönen Künsten bewandert und so gerecht zum Volk sein wie Perikles.«

Sosias fühlt Heimweh. Er erinnert sich, wie ihn ein Schiff nach Athen brachte. Er sehnt sich nach dem Meer.

Sosias läuft auf der Straße, die sich zwischen den aus Kalkmörtel gebauten »Langen Mauern« von Athen bis zum Meer hinzieht. Die beiden Mauern bilden mit der Stadt im Hintergrund eine riesige Festung. Im Kriege würden

alle Menschen Attikas in Athen Zuflucht und Schutz finden.

Heftig atmend erreicht Sosias die von rechteckig verlaufenden Straßen durchzogene Hafenstadt Piräus, zu der ein Handelshafen und zwei Kriegshäfen gehören. Der Knabe wendet sich zum Handelshafen, wo es vierundneunzig Schiffshäuser gibt und viele Schiffe ankern. Getreidespeicher und Werften liegen nahe am Kai. Fremdsprachige Stimmen – phönizisch, ägyptisch, thrakisch – kreischen durcheinander. Matrosen, Ruderer und Hafenarbeiter hasten vorüber oder rekeln sich in der Sonne. Händler aus fernen Ländern bieten Proben und Muster ihrer Ware an. Athener Kaufleute prüfen und befehlen dann Lastträgern, die Schiffe zu entladen. Sklaven mit weißer, gelber oder dunkelbrauner Hautfarbe taumeln, von Aufsehern bewacht, vom Kai über die staubige Straße zum Athener Sklavenmarkt, um dort feilgeboten zu werden.

Sosias eilt bis zum Kairand und blickt auf die auslaufenden Schiffe. Ob eines nach Megara, in seine Heimat, fährt? Plötzlich erschrickt er. Ein Mann hält ihn am Himation fest.

»Die Schiffe gefallen dir wohl?« fragt ihn der fremdländisch Aussehende in gebrochenem Griechisch. Sosias nickt versonnen. »Komm mit auf mein Schiff, kannst dir dort alles ansehen, kannst auch süße Weinbeeren essen und frischen Ölkuchen.«

Der Fremde ist ein Kapitän und stammt aus einer Küstenstadt der westlich von Griechenland gelegenen Halbinsel Italos. Getreide hat er gebracht, Tonkrüge, Vasen mit gemalten Figuren und Amphoren mit Öl nimmt

er zurück. Aber er möchte auch billige Sklaven für seine Heimatstadt erwerben. Der schlanke Junge gefällt ihm. Den könnte er teuer verkaufen. Der Mann zieht Sosias zu einem hochbordigen Schiff. Sosias folgt willig, plötzlich spürt er eine Hand auf der Schulter. Polos, der jetzt häufig zum Hafen geht, weil der beste Schreiber seines Herrn erkrankte und nun er die eintreffenden Waren in Menge, Gewicht und Geldwert aufschreiben muß, steht vor Sosias. »Wo willst du hin?«

»Das Schiff dieses Mannes ansehen.«

Aber der Fremde ist blitzschnell verschwunden. Polos führt Sosias auf der breiten, sechs Kilometer langen Straße zwischen den »Langen Mauern« nach Athen zurück. Ahnte der Knabe, in welcher Gefahr er schwebte?

Ein Sklavenleben

Polos erzählt: »In meiner frühesten Jugend habe ich meine Eltern verloren. Auch sie waren Sklaven. Ich hieß nach meinem Herrn Nikias ›Nikiasjunge‹. Solange ich mich erinnern kann, arbeitete ich bei den Gartensklaven meines Herrn, der ein schönes Landgut besaß. Mit vierzehn Jahren war ich stark und gerade wie ein junger Baum. Ein alter Haussklave lehrte mich etwas Schreiben, Lesen und Rechnen. Mein Leben bei Nikias verlief nicht schlecht. Aber eines Tages erlitt er schwere Vermögensverluste. Einige seiner Frachtschiffe gingen unter. Sein Olivenhain brannte ab. Er handelte wie viele Sklavenhalter. Er vermietete seine Sklaven für täglich einen Obolos an einen

Besitzer der Silberbergwerke. Seine Wahl traf auch mich. Aufseher trieben uns bei Morgengrauen in die Schächte. Holzleitern führten hinab. Ich, gewöhnt an den blauen Himmel Attikas, litt sehr. Dunkel war es im Schoß der Erde. Nur kleine Öllampen erhellten Stollen und Schächte. Die Arbeit war schwer. Kriechend zog ich Körbe mit erzhaltigen Steinbrocken durch die engen Stollen zu dem Kasten am Seilzug. Tag für Tag, Jahr für Jahr.

Als ich älter geworden war, schlug ich mit der Brechstange und dem Eisenhammer mühsam Brocken mit Silberadern aus dem Gestein. Essen gab es wenig, Kleidung kaum. Zeus und Athene, die ich betend anrief, halfen mir schließlich. Dem Bergwerksaufseher, der weder Schreiben noch Lesen konnte, brachte eines Tages ein Bote auf einer

Wachstafel eine wichtige Nachricht. Sein lesekundiger Gehilfe war vor wenigen Stunden tödlich verunglückt. Der Aufseher ließ ausrufen, wer etwas vom Lesen verstünde, solle sich melden. Ich entzifferte mühevoll den Text, und der Aufseher ernannte mich zum Nachfolger des Verunglückten.

Durch einen Zufall erfuhr mein Herr Nikias, daß ich ein schreibender, lesender Sklave war, also etwas Wertvolles. Er hoffte, Geld an mir zu verdienen. Darum holte er mich in sein Haus nach Athen, wo ich im Lesen, Schreiben, Rechnen, im Rezitieren schöner Verse ausgebildet wurde. Als sein Geldbeutel wieder einmal schlaff wie eine ausgetrocknete Schweinsblase war, verkaufte er mich für viele hundert Drachmen an Deinos' Vater.«

»An Kleons Großvater?« fragt Sosias.

»Bei ihm wurde ich Pädagoge seines Sohnes und Buchabschreiber. Jetzt bin ich der Pädagoge seines Enkels.«

Sosias stutzt. »Dann schenkte dir Zeus aber viele Lebensjahre, Polos.«

Das Abenteuer

Eines Abends sagt Kleon zu Sosias: »Ich habe von Alkibiades gehört, morgen ist Volksversammlung auf der Pnyx. Die Oligarchen werden von Perikles Rechenschaft über Baugelder fordern. Am liebsten würden sie ihn zu Fall bringen. Wollen wir hingehen?«

Sosias hat den berühmten Staatsmann noch niemals gesehen. Er zweifelt: »Uns lassen die Ordner nicht rein. Wir sind noch lange nicht zwanzig Jahre alt.« Aber gern würde er eine Volksversammlung wenigstens von fern miterleben. Eine Volksversammlung, zu der jedesmal vier Tage vorher der Rat der Fünfhundert die vom Volk gewählten Vertreter aus den zehn Verwaltungsbezirken Attikas aufruft.

»Wie willst du auf die Pnyx kommen? Rotgefärbte Seile umgeben sie. Jeder wird überprüft.«

Kleon lächelt über Sosias' Bedenken. »Machst du nun mit oder bist du feige?« Sosias schüttelt entrüstet den Kopf.

Am nächsten Morgen legt Sosias Wachstafeln und Papyrusrollen für die Schule zurecht. Doch Kleon bestimmt: »Laß das! Zieh dein bräunliches Himation an und folge mir.«

Der Hügel der Pnyx senkt sich sanft gegen Norden und

Süden. Nach Osten, zum Burgberg hin, zieht sich eine weite, halbrunde Mauerterrasse. Von ihr führen Felsentreppen zur Hügelfläche. Dort, wo einst ein Zeusaltar stand, befindet sich jetzt die Rednertribüne.

Kleon wendet sich einem kleinen Pinien- und Zypressenhain zu, der hinter der Mauerterrasse liegt. Zwischen den Bäumen häufen sich umgestürzte Säulen, Ziegelsteine und Mauerreste: Überreste des Perserkrieges. Kleon erklettert einen alten, weitverzweigten Baum. Verdeckt von den Zweigen, durch ihre dunklen Obergewänder geschützt, können die Knaben den nahen Versammlungsort und seine Umgebung gut überblicken.

Hinter ihnen liegt der Burgberg im Sonnenschein. Seine Felsen, die Tempel und Statuen heben sich klar gegen den tiefblauen Himmel ab. Links vom Burgberg ragt noch ein riesiger Felsblock auf: der Areshügel. Auf ihm tagt gelegentlich der früher so mächtige, jetzt aber geschwächte Rat der rückständigen Aristokraten, der Oligarchen. Sie hassen die Volksversammlung, die Perikles stärkte und damit dem Volk, dem Demos, wachsende Mitsprache und Beschlußkraft gab.

Inzwischen füllen Tausende freigeborene Athener die Pnyx. Sosias wundert sich über die vielen Menschen. »Müssen sie nicht arbeiten?«

Kleon erklärt ihm, daß durch die Erlasse des Perikles die ärmeren Bürger für den Besuch der Volksversammlung Tagegelder erhalten. »Sie sollen mitbestimmen. Auch wenn sie Soldaten oder Richter werden, empfangen sie Sold.«

»Aber die Handwerker, Bauern und Tagelöhner aus den entfernteren Teilen Attikas können nicht zu jeder Volksversammlung kommen. Also bestimmen nicht alle mit«, bedenkt Sosias.

»Auf jeden Fall mehr Volk als früher.«

Kleon reckt sich.

Perikles betritt mit einigen Freunden, darunter Deinos, die Pnyx. Der silberne Helm des obersten Staatsmannes blendet für Sekunden die Knaben wie ein Spiegel, auf den die Sonne fällt. »Diesen Helm wird Alkibiades später tragen«, sagt Kleon.

»Deinos glaubt das nicht«, erwidert Sosias.

»Mein Vater ist eben ein Demokrat. Ihm mißfällt, daß Alkibiades schon jetzt das Volk wie ein Oligarch verachtet«, meint Kleon.

Perikles hat sich auf die vorderste Steinbank gesetzt. In weißlichen Schwaden steigt der Rauch eines Opferfeuers auf. Alle, die gekommen sind, beten zu Zeus und Athene. Nach diesem üblichen Auftakt beginnt die Versammlung.

Um besser sehen zu können, kneift Sosias die Augen zusammen. »Jetzt geht ein Greis auf die Tribüne. Er setzt sich einen Rednerkranz auf. Was wird der Mann sagen?«

»Ist er ein Oligarch, redet er gegen Perikles«, antwortet Kleon. »Die Oligarchen sagen, er sei ein Tyrann, weil er sie nicht mächtig werden läßt.«

Die Knaben hören, daß viele gegen den Redner murren. Arme recken sich drohend. Der Vorsitzende der Versammlung unterbricht den Oligarchen. Dieser geht. Dafür steht nun Perikles auf der Tribüne. Das Volk lauscht.

»Was er wohl sagt?« Sosias klammert sich an den Pinienstamm. Perikles fordert ein neues Bauwerk, die Propyläen. Mit diesem Bau solle ein prunkvoller Eingang zur Stadt aus Marmor mit fünf Toren und seitlichen Säulenhallen er-

richtet werden. Die Oligarchen lehnen das Vorhaben als zu kostspielig ab. Redegewandt gibt ihnen Perikles zu verstehen: »Das Volk bekommt durch den Bau alle Hände

voll Arbeit. Es zieht seinen Nutzen aus dem Staatsschatz und hat einen guten Verdienst.«

Lärmend greifen die Oligarchen den Staatsmann an. »Du

verschwendest Athens Gelder! Du willst die Stadt herausputzen wie ein eitles Weib!«

Gereizt entgegnet Perikles: »Solltet ihr nicht in meinen Vorschlag einwilligen, bezahl ich das Bauwerk aus meiner Tasche und setz meinen Namen auf die Säulen.«

Kleon und Sosias vernehmen nicht mehr, wie die Demokraten schließlich die Oligarchen überstimmen. Die Knaben sind eiligst vom Baum geklettert, denn sie hören Schritte in der Nähe. Zwei mit Pfeil und Bogen ausgerüstete skythische Gemeindesklaven, die das Gelände bei der Pnyx überwachen, durchsuchen den Hain. Kleon und Sosias kauern im hohen Gras und rennen dann mit weiten Sätzen einer belebten Straße zu, die zur Agora führt. Die Skythen bemerken die Flüchtenden und verfolgen sie.

»Das ist doch Kleon!« Eine Frau mit faltenreichem Wollpeplos, einem Schleier im braunen Haar, hält den Gejagten auf. Auch Sosias bleibt stehen. Ist das die Göttin Athene?

Die Frau ist keine Göttin, sondern Aspasia, die Frau des Perikles. Entgegen der Sitte, daß vornehme Athenerinnen die Straßen und den Markt meiden, geht Aspasia mit ihrer Sklavin häufig dorthin, um Bücher, Schmuck oder Stoffe zu kaufen. Die Athenerinnen mögen Aspasia nicht. Sie ist ihnen zu freisinnig und gebildeter als sie, singt, tanzt und rezitiert und nimmt an den Festgelagen der Männer teil. Manchmal leitet sie sogar die geistvollen Gespräche. Perikles hat sich wegen Aspasia von seiner ersten Frau Telesippe getrennt und Aspasia geheiratet, obwohl sie kein Athener Bürgerrecht besitzt, weil sie aus Milet stammt.

»Hilf uns!« Schutzsuchend wendet sich Kleon an

Aspasia. Schon stehen die bärtigen Skythen neben ihr und wollen die Knaben packen. Aspasia legt ihre Arme um Kleon und Sosias. Gebieterisch blickt sie die Skythen an. »Ich bin die Frau des Perikles. Die Knaben stehen unter meinem Schutz!«

Die Skythen verschwinden. Aspasia aber sagt: »Nun schnell nach Hause, ihr Abenteurer!«

Die Sieger

Der Festtag ist herangekommen. Frühmorgens geht Deinos mit Kleon und Sosias zur Akropolis. Vor dem Standbild der Göttin Athene aus Gold und Elfenbein übergeben sie dem Oberpriester eine Goldschale als Opfergabe. »Möge euer Fest gelingen! Athene wird es beschützen«, sagt der Oberpriester.

Im Gymnasium sind alle Räume, alle Wandelgänge, alle Sportstätten mit Blumen, mit Efeu- und Lorbeerzweigen geschmückt. Flöten- und Kitharaspieler musizieren so kunstvoll wie beim Panathenäenfest.

Vor der Eingangshalle begrüßt Deinos seine Gäste. Viele sind gekommen, berühmte Gelehrte und Künstler, unter ihnen: Herodot, der Geschichtsschreiber, Phidias, der Bildhauer, Sophokles, der Dichter, Anaxagoras, der Philosoph, der nicht an Götter, sondern an die Natur glaubt. Perikles erscheint mit der schönen Aspasia.

Zufrieden wendet sich Deinos dem Festtreiben zu. Epheben führen Faustkämpfe und Reitkünste vor. Plötzlich erscheint Alkibiades mit einigen gleichaltrigen Freunden und seinem Lehrer, dem jungen Philosophen Sokrates, der sich zu Perikles und Aspasia gesellt.

Alkibiades redet laut. Er kümmert sich nicht um die Knaben, die nach den Epheben ihre Wettkämpfe beginnen. Durch Witzeleien und Gespött versucht Alkibiades die Aufmerksamkeit der Gäste auf sich zu lenken. Als Kleon schließlich beim Wettlauf gewinnt, sagt Alkibiades wie nebenbei: »In Sparta wärest du mit deiner bescheidenen Zeit Letzter geworden. Zeigen wir einmal, was wir können.«

Mit diesen Worten fordert er seinen Freund Kallinos zum Ringkampf auf.

Viele Gäste umstehen den Kampfplatz. Der größere, kräftigere Alkibiades scheint gegen den zierlichen Kallinos im Vorteil. Doch Kallinos kämpft verbissen, zäh und beweglich. Immer wieder kann er sich aus Alkibiades' Umklammerungen lösen.

Lange dauert der Kampf. Nach und nach wird Alkibiades wütend, weil er seinen Freund nicht bezwingen kann. Mit einer kaum sichtbaren Bewegung pustet er ihm Sand in die Augen. Kallinos ist für Sekunden geblendet und wird von Alkibiades auf die Schultern gelegt.

»Ich bin der Sieger«, ruft Alkibiades und läßt sich feiern.

Enttäuscht wendet sich Kleon ab und sagt zu Sosias: »Alkibiades handelt nicht wie ein attischer Grieche.«

Sosias erringt beim Rezitieren der Knaben den Siegerkranz und sucht Polos in der Menge. Er findet ihn nirgends. Als Sklave mußte er dem Fest fernbleiben und durfte nicht den Erfolg seiner Schützlinge miterleben.

Deinos verteilt an alle Sieger und Wettkämpfer Ge-

schenke: Amphoren, Münzen, Bücher, farbige Chitone und bittet seine Gäste zum Festmahl. Auf langen Tafeln stehen Krüge mit Honigwein und Most, Schalen voll knusprigem Ölkuchen und Pasteten, Platten mit Ziegen- und Schweinefleisch, Obst und Käse.

Deinos erkennt neben dem Bildhauer Phidias dessen Lieblingsschüler Alkamenes. Ihn fragt Deinos: »Siehst du dort meinen Sohn und dort mein Mündel Sosias? Ihre Köpfe sollst du gestalten.«

Alkamenes betrachtet Kleon und Sosias. Sie gefallen ihm. Er sagt: »Morgen werde ich bei dir die ersten Skizzen machen.«

Als sich die Sonne senkt, beendet Deinos durch ein Handzeichen das Gelage, und Sosias spricht ein Olympisches Siegeslied des Pindar:

»Glücklich aber rühmenswert den Sängern
ist auch jener Mann, der sich mit der
Arme Kraft oder der Füße Behendigkeit
selbst Sieger die höchsten Preise gewinnt
durch Mut und Stärke und noch lebend
dem jungen Sohn mit günst'gem Los
den Heiligen Kranz erringen sieht...«

Das Wichtigste über Athen

Die Akropolis (Hochstadt), ein 156 m hoher Felsenhügel in der Landschaft Attika – eine Halbinsel im Osten von Mittelgriechenland – gehörte nach den alten griechischen Sagen schon immer der Göttin Athene. Auf der Akropolis soll auch die Burg des Theseus gestanden haben. Theseus überredete die Bewohner Attikas, gemeinsam am Fuße der Akropolis zu siedeln. Die Burg gewährte Schutz vor Feinden, und in der fruchtbaren Ebene des Flusses Kephisos konnten die Bauernfamilien sich und ihre Herden ernähren. So stellten sich die Griechen die Gründung der die gesamte Landschaft Attika umfassenden Polis (Stadtstaat) Athen und ihrer gleichnamigen Hauptstadt vor.

Erste sichere Nachrichten über Athen gibt es aber erst seit dem 8. Jahrhundert v. u. Z., und um 450 v. u. Z. lebten allein in der Stadt und dem Hafenviertel von Piräus etwa 500 000 Menschen.

Um die vielen Menschen mit Nahrungsmitteln zu versorgen, wurden vor allem Getreide und getrocknete Fische eingeführt. Die Handwerker dagegen benötigten Kupfer, Zinn, Eisen, aber auch Rohleder, Elfenbein und Papyrus. Ausgeführt aus Athen wurden Wein, Olivenöl, Honig und die in der ganzen damaligen Welt berühmten und farbig bemalten attischen Tongefäße, vor allem aber das Silber aus den Bergwerken von Laurion.

Die Obolen und Drachmen, die Silbermünzen Athens,

hießen nach dem eingeprägten Münzbild einfach »Eulen«. Die Eule war das heilige Tier der Göttin Athene. Diese Silbermünzen wurden als Zahlungsmittel verwendet. Sie besaßen ein festes Gewicht, dessen Grundeinheit das »Talent« und die »Mine« waren:

1 Talent = 60 Minen	= 6000 Drachmen	= ca.	26,2	kg	Silber
1 Mine	= 100 Drachmen	= ca.	436,6	g	Silber
1 Drachme	= 6 Obolen	= ca.	4,36	g	Silber
1 Obole		=	0,73	g	Silber

Die Bewohner Athens waren in zwei große Stände gespalten, in die man hineingeboren wurde: in die freie und in die unfreie Bevölkerung.

Die Unfreien gehörten meist zu der Klasse der Sklaven, der größten Bevölkerungsgruppe in Athen. Die Sklaven

wurden von ihren Herren, den Sklavenhaltern, als Eigentum, Gebrauchsgegenstand und Handelsobjekt angesehen.

Die Sklaven arbeiteten in der Landwirtschaft, im Bergwerk, Handwerk und im Haushalt.

Nur wenige Freie waren als Eigentümer großer Ländereien oder Werkstätten, als Bergwerksbesitzer, Reeder und Großhändler reiche Leute, die viele Sklaven beschäftigten.

Der größte Teil der Freien arbeitete selbst als Bauern, Handwerker und auch als Tagelöhner.

Die athenischen Bürger besaßen innerhalb der Freien eine besonders angesehene Stellung. Sie waren stolz, weil schon ihre Vorfahren in Athen wohnten. Obwohl die Bür-

ger nur eine kleine Minderheit innerhalb der Einwohner Athens bildeten, gehörten ihnen doch allein die politischen Rechte. Nur sie durften über Staatsausgaben, Verwaltung, Bauten, Krieg und Frieden entscheiden.

Die reichen Athener sahen es gar nicht gern, wenn die Ärmeren bei allen Entscheidungen mitredeten. Doch diese kämpften um ihre Rechte. Schließlich waren sie ja auch im Heer und in der Flotte, wo alle athenischen Bürger von 18 bis 60 Jahren ihren Dienst leisten mußten, in der Mehrheit.

Reiche Bürger mußten Schiffe ausrüsten, Theateraufführungen finanzieren und wichtige Staatsämter ohne Entgelt übernehmen. Die ärmeren Athener erhielten für Staatsdienste, ja sogar für einen Theaterbesuch Tagegelder.

Fremde aus anderen Stadtstaaten besaßen in Athen, auch wenn sie zu den Freien gehörten, kein Bürgerrecht und durften auch kein Land besitzen. Sie waren meist Handwerker oder Händler.

Die Rechte und Pflichten der Bürger waren demokratisch aufgeteilt. Wahlen und Diskussionen fanden in der Öffentlichkeit statt. Man spricht daher von einer »Sklavenhalterdemokratie«.

Die Polis Athen und ihre Hauptstadt bildeten zusammen zehn Verwaltungsbezirke. Jeder Bezirk konnte 50 Vertreter in den Rat der Fünfhundert delegieren, der vielfältige Aufgaben hatte: Einberufung der Volksversammlung, Vorbereitung von Beschlüssen und Gesetzen, Kontrolle der Staatsgelder und der Rechenschaftsberichte aller Beamten, Verhandlung mit ausländischen Gesandten.

Die größte Macht hatte die Volksversammlung. Alle Bürger von 20 Jahren an konnten an ihr teilnehmen und sich zu Wort melden. Sie wählte und kontrollierte die Beamten, entschied über Krieg und Frieden sowie über den Staatshaushalt.

Den Oberbefehl über Heer und Flotte übernahmen zehn gewählte Strategen (Feldherren). Auch diese unterstanden der Volksversammlung.

Während und nach den Perserkriegen (in der ersten Hälfte des 5. Jahrhunderts v. u. Z.) bekam Athen in Griechenland eine führende Stellung auf wirtschaftlichem, militärischem und kulturellem Gebiet. Mit seiner Flotte hatte Athen eine wichtige Rolle im Freiheitskampf der Griechen gegen die Perser gespielt. Athen gründete den Attischen Seebund, zu dem sich über 200 Stadtstaaten auf den Inseln und an den Küsten des Ionischen, Ägäischen und Schwarzen Meeres zusammenschlossen.

Mit der Gründung dieses Bundes verschärfte sich der Machtkampf zwischen Athen und seinem Konkurrenten

Sparta. Sparta besaß in Südgriechenland (Peloponnes) die führende Macht im Peloponnesischen Bund.

Die Mitglieder des Seebundes zahlten an Athen Beiträge in Silbergeld. Dafür hielt Athen eine schlagkräftige Flotte instand, die vor den Persern schützen sollte.

Bald aber sahen die Athener diese Abgaben als ihre eigenen Staatseinkünfte an. Unter dem bedeutenden Staats-

mann Perikles, der seit 443 v. u. Z. Athen als Stratege regierte, wurde die Bundeskasse von der Insel Delos nach Athen gebracht. Die Gelder wurden nach Diskussionen in der Volksversammlung auch für den Aufbau der in den Perserkriegen zerstörten Akropolis verwendet.

Das Parthenon, ein prachtvoller Marmortempel der Göttin Athene, die Propyläen – der Aufgang zur Akropolis –, Statuen und Reliefarbeiten gestalteten die Architekten und Bildhauer Iktinos, Kallikrates und Phidias.

In der Blütezeit der athenischen Kultur entstand auch das Theater. Die Stücke der Dichter Aischylos, Sophokles, Euripides und Aristophanes werden noch heute gespielt und verstanden. Im Mittelpunkt der Tragödien und Komödien stand der Mensch mit seinen Problemen.

Die Geschichtsschreibung, die Kunst der Rede (Rhetorik) und die Philosophie wurden gepflegt. Aufgeklärte Athener gingen so weit, einen fast schon atheistischen Standpunkt einzunehmen, indem sie das Einwirken der Götter auf die Natur bezweifelten oder sogar ablehnten.

Auch andere Wissenschaften wie Medizin, Astronomie, Mathematik blühten. Von der großen Verantwortung eines Arztes gegenüber seinen Patienten zeugt der »Eid« des Mediziners Hippokrates, eines Zeitgenossen des Perikles.

Im Jahre 431 v. u. Z., zwei Jahre vor dem Tod des Perikles, brach zwischen dem Attischen Seebund und dem Peloponnesischen Bund trotz des bestehenden Friedensvertrages ein Krieg aus. Dieser dauerte bis 404 v. u. Z. und endete mit dem Sieg Spartas. Nach dieser Zeit konnte Athen seine führende Rolle nur noch auf dem Gebiet der Kultur und Bildung behaupten.

ISBN 3-358-00509-7

2. Auflage 1988

Lizenz-Nr. 304-270/386/88
Gesamtherstellung: Grafischer Großbetrieb Sachsendruck Plauen
LSV 7812
Für Leser von 8 Jahren an
Bestell-Nr. 631 879 4
00680